Stella Maris Rezende

A coragem das coisas simples

ilustrações
Laurent Cardon

GLOBINHO

Copyright © 2015 Editora Globo S.A.
Copyright do texto © 2015 Stella Maris Rezende
Copyright das ilustrações © 2015 Laurent Cardon

Todos os direitos reservados. Nenhuma parte desta obra pode ser apropriada e estocada em sistema de banco de dados ou processo similar, em qualquer forma ou meio, seja eletrônico, de fotocópia, gravação etc., sem a permissão dos detentores dos *copyrights*.

Editor responsável Lucas de Sena Lima
Projeto gráfico e diagramação Gisele Baptista de Oliveira
Revisão Huendel Viana e Andressa Bezerra Corrêa
Ilustrações Laurent Cardon

Texto fixado conforme as regras do Acordo Ortográfico da Língua Portuguesa (Decreto Legislativo nº 54, de 1995).

CIP-BRASIL. CATALOGAÇÃO NA PUBLICAÇÃO
SINDICATO NACIONAL DOS EDITORES DE LIVROS, RJ

Rezende, Stella Maris

R356c   A coragem das coisas simples / Stella Maris Rezende; ilustração Laurent Cardon. - 1. ed. - São Paulo : Globinho, 2015.
      il.

      ISBN 978-85-250-5951-2

      1. Ficção infantojuvenil brasileira. I. Cardon, Laurent. II. Título.

15-21367   CDD: 028.5

CDU: 087.5

1ª edição, 2015 - 3ª reimpressão, 2022

Os personagens e as situações desta obra são ficcionais e não se referem a pessoas e fatos concretos.

Editora Globo S.A.
Rua Marquês de Pombal, 25
Rio de Janeiro - RJ - 20230-240 - Brasil
www.globolivros.com.br

Para os meus sobrinhos-netos Leonardo, Tiago e Pedro

A qualquer momento, uma coisa horrível poderia acontecer. Mas, por enquanto, a costureira bordadeira, dona Laurentina, simplesmente trabalhava muito, e o filho, Queridinho, a ajudava nas costuras.

Enquanto pregava botões em camisas, calças, blusas e vestidos, coisa que fazia à tarde, depois da escola, do banho e do almoço, e fazia porque gostava, Queridinho assuntava e ouvia tudo o que os fregueses falavam.

A mãe dizia o nome verdadeiro dele, mas todos só o chamavam de Queridinho. Queridinho, traz um copo d'água, por favor. Tudo bem, Queridinho? Queridinho, por obséquio, fecha o zíper desta sacola pra mim.

Aos poucos, Queridinho começou a colecionar o que ouvia, enquanto pregava botões.

Tinha a dona Tá Doido.

Tudo o que ela falava, tinha um "tá doido".

Era alta e gorda, vivia suada, parecia que não sabia andar de salto alto, mas só andava de salto alto, vivia cansada e respirava com dificuldade.

— Boa tarde, dona Zenilde!

Dizia a dona Laurentina.

Mas a outra:

— Tá doido, que calorão é esse?

— A sua encomenda já está pronta.

— Tá doido, socorro, Queridinho.

Ele doido de alegria.

— Tá doido, gente, vocês viram o que aconteceu ontem na casa do seu Anselmo? Tá doido, que mundo é esse... Que bom que você já tá trazendo água pra mim, Queridinho, sede demais, tá doido, também com esse calorão, tá doido.

Dona Laurentina meneava a cabeça, rindo.

E continuava a trabalhar.

Tinha o seu Fique À Vontade.

Educado e elegante, chegava sempre cerimonioso. Era dono de uma pequena loja de roupa masculina.

A sala onde dona Laurentina trabalhava e recebia as pessoas era até espaçosa, mas como havia mesas cheias de tecidos espalhados, cadeiras com caixas, cabides e moldes por toda a parte, quem chegava não entendia onde deveria se sentar, enquanto esperasse pela entrega da encomenda.

— A senhora fique à vontade, dona Laurentina, eu aguardo.
— O senhor me desculpe a bagunça, mas é que...
— Fique à vontade, dona Laurentina.
— Já estou providenciando a sua encomenda de camisas xadrez.
— Fique à vontade.

E, de repente, seu Fique À Vontade se virava para ele:
— Queridinho, fique à vontade, não precisa parar com os botões.
— Eu ia servir um cafezinho pro senhor...
— Fique à vontade, Queridinho, não precisa, não quero incomodar.

Sempre educado e elegante o seu Fique À Vontade.

Mas nem ele escapava de chamá-lo de Queridinho. Suspirava fundo. Fazer o quê. Naquela sala, ele era o Queridinho.

A Assim Não Dá Pra Ser Feliz.

Linda, baixinha, morena, chegava esbaforida, mas logo se acalmava, sorria, olhava para ele, em seguida o esquecia, Queridinho não se importava, gostava de ficar observando aquela moça morena, baixinha e linda.

— Dona Laurentina de Deus, assim não dá pra ser feliz.

— O que aconteceu, Deusimar?

— Meu pai, sabe? Assim não dá pra ser feliz...

— Aceita um café?

— Aceito, sim.

E sem olhar para ele:

— Queridinho, sem açúcar, viu?

Ele se levantava, ia servir café para ela. Sem açúcar do olhar da Deusimar, pensava, mas não se importava, servia-lhe o café, todo contente.

— Pois é, dona Laurentina, assim não dá pra ser feliz, viu?

— Me conte o que aconteceu, Deusimar.

Ela engolia um pouco do café. Erguia os olhos para o teto. Mas não parecia ver o teto e sim uma coisa terrível que a incomodava muito.

Fazia uma pausa bem demorada.

Parecia gostar de fazer suspense.

Engolia mais um pouco do café.

Pousava a xícara no pires.

Pausava.

Os olhos erguidos para o teto.

E sempre uma coisa terrível de fato:

— Meu pai vive cuspindo no chão. Assim não dá pra ser feliz...

A dona Te Sento A Mão ia com o filho de quatro anos que não parava de mexer nas coisas. O menino derrubava tecidos, pisava em caixas, tropeçava nos pés das mesas, não se aquietava de jeito nenhum.

— Suas blusinhas vão fazer sucesso, dona Cleide!

— Graças à senhora, dona Laurentina, que bordou com esmero a golinha delas... Te sento a mão, menino, sai daí!

Era ela puxando o filho pelo braço, obrigando-o a parar um pouco, mas depressa o menino se soltava e ia mexer em outras coisas.

— Te sento a mão...!

Uma vez ela gritou ao vê-lo pegar uma caixa de lantejoulas.

Mas já caía uma chuva de lantejoulas pelo chão da sala.

Na verdade, a mãe do menino mexedor nunca lhe sentava a mão. E não conhecia nenhum modo de quietar o facho dele.

Queridinho até sentia dó, não tinha sossego para nada a dona Te Sento A Mão.

Veste Superbem era a moça mais magra que conhecia. Quase puro osso. Usava óculos de aro azul e o cabelo sempre amarrado num rabo de cavalo.

Ao andar, o rabo de cavalo dançava de um lado para o outro.

— Seja bem-vinda, Rosa Maria!

— Obrigada.

Ele interrompia a pregação de botões e ia pegar a sacola que a mãe havia separado. Dentro da sacola, pares e pares de meias bordadas. Ela arqueava as sobrancelhas, ajeitava os óculos de aro azul e agradecia:

— Obrigada, Queridinho.

E, de repente, disparava:

— A senhora já viu aquela calça jeans de cós alto que está na moda? Veste superbem. Até uma mulher horrorosa de corpo é capaz de ficar melhorzinha numa calça daquela. Veste superbem. A senhora já viu?

— Já, sim, Rosa Maria.

— Veste superbem. Tira a barriga, sabe?

— Já a calça de cós baixo...

— Nem vem com calça de cós baixo, mostra os pneus da gente... Só essa de cós alto é que veste superbem.

— Aceita uma água? Um café?

— Outra que veste superbem é aquela blusa de decote V. Porque a de decote canoa mostra as alças do sutiã.

— Tem razão... Aceita uma água? Um café?

— A senhora gosta de saia plissada? Eu detesto. Veste superbem é saia lisa, bem acinturada, com a bainha um pouco acima do joelho. Nossa, veste superbem!

A mãe se cansava de oferecer café ou água.

Ela continuava a citar essa ou aquela outra roupa que veste superbem.

Ele continuava a pregar botões.

Com toda a certeza, a pessoa que mais sofria neste mundo era a dona Que Coisa.

Era uma senhora ainda jovem, de cabelo anelado e olhos verdes, sempre de vestido estampado e sandálias rasteiras.

Dona de um hospital de brinquedos, encomendava trajes novos para as bonecas, roupas que seguiam os modelos desenhados por ela.

Ao vê-la, Queridinho se emocionava, porque ficava pensando no trabalho bonito que ela e o marido faziam.

O casal recebia brinquedos quebrados, mordidos, rachados, amassados, estropiados, alguns praticamente destruídos. Daí então o marido consertava tudo e ela cuidava do figurino das bonecas, desenhava modelos de vestidinhos, saias, blusas e calças.

No entanto, mesmo com o trabalho tão bonito, ela era a pessoa que mais sofria neste mundo.

Ao entrar na sala de dona Laurentina, deixava a bolsa na beira da mesa, devagar procurava um lugar, devagar se sentava, suspirava, e depois sempre dizia:

— Que coisa...

A mãe do Queridinho também se preocupava com ela.

— O que foi desta vez, dona Marisa?

— Que coisa...

— O seu Samuel...?

— Meu marido está bem. Que coisa...

— Desabafa, dona Marisa. Faz bem desabafar.

Em momentos assim, Queridinho imaginava que a sala da mãe era uma espécie de consultório.

E aquela mulher ainda jovem, de cabelo anelado e olhos verdes, sempre de vestido estampado e sandálias rasteiras, era a dona de um hospital de brinquedos.

Tanta coisa em comum entre elas, a costureira bordadeira e a figurinista de bonecas.

No entanto, não se sabe o porquê, a dona Que Coisa sofria demais. E, para a sua maior infelicidade, não sabia contar o que a fazia sofrer tanto.

Apenas repetia, sempre:

— Que coisa...

Depois, se levantava, pendurava no braço a sacola de roupas novas, pegava a bolsa, pagava a encomenda, não aceitava café nem água, não olhava para Queridinho, ignorava-o completamente.

Ia embora, mais infeliz ainda.

— Que coisa...

Ainda se ouvia, enquanto ela se afastava a passos vagarosos.

Então Queridinho imaginava a dona Que Coisa entrando em seu hospital de brinquedos. Com trajes novos para as bonecas, era bem capaz de ela se sentir menos infeliz, pelo menos durante os momentos em que as vestisse.

Ele a imaginava vestindo as bonecas, bem devagar.

Cada uma ficava mais graciosa do que a outra.

O marido colocava na vitrine as bonecas renascidas.

Em seu quarto, sozinha, a dona Que Coisa chorava.

Talvez porque ela mesma fosse uma boneca que precisasse renascer.

Na sala de casa, Queridinho pregava botões e bordões.

Ouvia e colecionava palavras repetidas.

Gostava dessas palavras simples que não se cansavam de entrar na conversa.

Na sala de aula, onde era chamado pelo nome verdadeiro, também ouvia algumas palavras que viviam de se repetir.

Eram palavras costuradas e a todo instante bordadas na voz de quem as dizia.

Arlindo ouvia, impressionado com aquela repetição.

A qualquer momento, uma coisa horrível poderia acontecer. Em matéria de coisas horríveis a vida é doutora.

— Entenderam?

Perguntava o professor de matemática.

Baixinho, careca e barrigudo, era a simpatia em pessoa e sabia explicar com calma. Se esmerava. E, ao final de todo esclarecimento, sorria, apertava os olhinhos e perguntava:

— Entenderam?

Em geral, entenderam, porque o professor de matemática sabia explicar com calma e desenvoltura.

Em sua carteira, Arlindo imaginava o professor Entenderam na casa dele, com os filhos e a mulher dele. Será que lá também dizia, depois da janta, todos reunidos no alpendre da casa: a matemática está em tudo, entenderam? A matemática revela muitos mistérios do mundo, entenderam? Aprender matemática depende mais da imaginação do que do raciocínio, entenderam? A matemática é poética, entenderam?

Tinha a dona Não Afasto Um Milímetro Da Minha Dignidade Profissional.

Era a professora de geografia.

Muito bonita, de pele rosada, cabelo curtinho, brincos de argola. Sempre de sandálias vermelhas.

Era confusa ao explicar a matéria. Se embaralhava toda. Então a turma começava a conversar, distraída e desatenta. Ela pedia silêncio, mas sempre havia alguém que se atrevia a dizer:

— A senhora não tem manejo de turma...

Ou:

— A senhora não impõe respeito!

Então as sandálias vermelhas tropeçavam. Os brincos de argola se engastanhavam. A pele ficava branca. Não era mais a professora bonita que, aos prantos, dizia:

— Vou falar com a diretora. A minha dignidade profissional está acima de tudo. Não afasto um milímetro da minha dignidade profissional.

A bagunça aumentava ainda mais.

Era assim em toda aula de geografia.

O que ela dava conta de fazer era sempre dizer: não afasto um milímetro da minha dignidade profissional.

Aos poucos, parava de chorar, explicava uma coisa ou outra, mostrava um mapa, a turma continuava desatenta e distraída, mas de novo lá estava ela muito bonita, de pele rosada, cabelo curtinho, brincos de argola, sandálias vermelhas.

Os alunos aprendiam que aquela professora confusa e embaralhada das ideias era uma latitude estranha de uma cidade perdida na longitude escura de um planeta errante.

Tinha o professor Com Letra Legível.
Era o de ciências.
Pedia que fizessem os trabalhos com letra legível.
Que escrevessem com caneta, à mão, nada de modernidades, preferia o charme das antiguidades.
Dizia que a letra da pessoa revela um pouco do seu jeito de ser.
Mas com letra legível, por favor.
Com letra legível, Arlindo anotava no caderno quantas vezes por dia o professor Com Letra Legível repetia com letra legível, e com alegria legível Arlindo continuava sua coleção.

A dona Satisfação Imensa era a tímida professora de português. De estatura média, saia preta e blusa branca, sapatos de salto baixo, diadema preto no cabelo preto, olhar tímido, andar tímido, sorriso tímido, voz tímida.

Mas, três vezes por semana, ela lia histórias e poemas para os alunos.

Enquanto lia, a timidez ia sumindo, a voz ia ficando cada vez mais bonita e mais poderosa, a turma ia ficando cada vez mais extasiada e mais impressionada com aquela professora que sabia ler histórias e poemas de um jeito impossível de se esquecer.

Ao terminar de ler, a professora abraçava o livro, passeava no meio da sala, fitava o rosto de cada aluno, sem pressa, parecia que desejava guardar para sempre na memória a imagem do rosto de cada aluno que um dia ela nunca mais veria, porque o tempo passa, as coisas mudam, decerto ela pensava, e em seguida dizia:

— Satisfação imensa ver vocês assim tão encantados!

Com frequência, alguém dizia:

— A senhora lê de um jeito tão bonito...

Daí de novo a tímida professora de português que baixava os olhos e sorria levemente ao dizer:

— O livro foi escrito de um jeito bonito. Satisfação imensa ler um livro assim.

Arlindo ficava olhando para ela. Observava o detalhe do diadema preto no cabelo preto. Satisfação imensa guardar para sempre na memória a voz bonita e poderosa daquela tímida professora de português.

Me Empresta Sua Caneta era o colega mais folgado.

Em falta de desconfiômetro, ele era doutor.

Quase toda hora, se levantava com preguiça, bocejava, arreganhava os enormes dentes encavalados, se aproximava de um colega e dizia:

— Me empresta sua caneta.

A dele, não existia.

Ninguém nunca viu.

Arlindo tinha vontade de dar um soco na boca do Me Empresta Sua Caneta. Talvez até desentortasse aqueles dentes. Era uma vontade cavalar. Até quando se controlaria, ao ouvir "me empresta sua caneta"?

Ia pedir a opinião do Que Bosta.

Magro e desengonçado, sempre de boné azul-marinho, em tudo o que dizia "Que bosta!" aparecia. Se o assunto fosse profundamente sério, como a doença ou a morte de alguém, aí é que o melhor amigo dizia em voz bem alta, resumindo tudo o que pensava sobre o assunto:

— Que bosta!

Ia perguntar o que ele achava daquela vontade selvagem de dar um soco na boca do Me Empresta Sua Caneta.

Que Bosta era sensato, quase um filósofo.

Vamos Que Vamos de pele negra, olhar franco e brinquinhos de ouro, a menina mais inteligente e mais falante. Em matéria de fazer valer uma ideia, ela era doutora. Convencia todo mundo. Qualquer ideia que julgasse boa sabia defender e espalhar.

Ao fim de cada ideia que sugeria, esfregava as mãos uma na outra e dizia sempre:

— Vamos que vamos!

Todo mundo esfregava as mãos uma na outra.

Todo mundo se animava.

Todo mundo a seguia.

Vamos que vamos!

Ela era a menina espalhadeira de ideias.

Vou Morar No Rio De Janeiro era a menina mais metida. De nariz sempre empinado, a todo instante comentava que a família estava cansada de morar naquela cidade sem it, que a família era tradicional, tinha berço, daí terminava a metideza dizendo assim:

— Vou morar no Rio de Janeiro.

Arlindo imaginava que a turma inteira pensava: já vai tarde, sua entojada, vai depressa com berço e tudo morar no Rio de Janeiro, vai.

Menos ele.

Que sonhava que um dia conversaria com ela.

Conversaria de um modo que ela começasse a ver que a pequena cidade onde moravam também tinha o seu encanto.

Ele era incutido com o sonho de um dia fazer a Vou Morar No Rio De Janeiro entender que toda cidade tem o seu encanto, principalmente quando se presta atenção nas pessoas e nas palavras simples que elas nasceram para repetir.

O de artes: Viva A Imaginação! A diretora era a dona Estamos Conversados.

Na sala de aula, o filho da costureira bordadeira ria baixinho, radiante da vida.

Ali não era chamado de Queridinho.

Era simplesmente Arlindo.

Às vezes, alguém o chamava de Arfeio, Artétrico ou Artosco, mas ele não se importava, gostava de palavrarias.

E imaginava que um dia contaria a todos os colegas aquelas palavras repetidas que ele colecionava.

Se falasse primeiro com a Vamos Que Vamos, rapidamente ela convenceria a turma inteira a colecionar palavras repetidas.

Ia todo mundo começar a bordar e costurar tá doido, te sento a mão, que coisa, me empresta sua caneta, que bosta, assim não dá pra ser feliz, vou morar no Rio de Janeiro e estamos conversados.

Os colegas iam revelar quais palavras ele mesmo tinha o costume de repetir.

Ia ser a festa das palavras simples.

Vamos que vamos.

Talvez até acontecesse a festa de um beijo que ele daria no rosto da menina espalhadeira de ideias.

Eu Sou De Casa era a freguesa de dona Laurentina que dispensava qualquer luxo, arregaçava as mangas da blusa, prendia o cabelo num coque alto, sorria com os dentes manchados de batom, organizava caixas, fazia a janta, varria o chão. Calada e misteriosa, de vez em quando dizia apenas: eu sou de casa.

Queridinho queria saber mais coisas sobre ela, se tinha filhos ou sobrinhos, mas a Eu Sou De Casa não contava nada.

A mãe respeitava o silêncio dela.

As duas não conversavam.

A freguesa ia buscar a encomenda, pagava, deixava a encomenda numa sacola perto da porta e em seguida começava a limpar a casa, ajeitava caixas, fazia a janta. Jamais aceitava qualquer coisa em troca.

Quando dizia "eu sou de casa", sorria, com batom nos dentes.

Era uma mulher que o fazia imaginar muitas coisas.

Será que escondia um grave segredo?

Eu Sou De Casa não dizia nada sobre a casa escura e estranha que ela era.

Atiçado por uma boa faxina e um "eu sou de casa" com sorriso de batom, aquele era mesmo um estranho silêncio misterioso.

Quintino Não Quer, Clemente Avança era a mãe, mas apenas quando faltavam uns dias para o último fim de semana do mês. A costureira bordadeira tinha sido abandonada pelo marido, assim que o filho nasceu. O ingrato se engraçou com mulher muito mais velha, azulou no mundo, nunca mais deu notícia.

Mas dona Laurentina, com sua máquina de costura, ainda jovem e toda animada com a vida, logo arranjou um namorado que morava em outra cidade e encomendava ternos para casamentos. Todo mês ele a visitava, ia buscar as encomendas. Sempre atencioso, levava presentes para ela e o filho, dizia que jamais quis casar, que não ia se casar nunca. Preferia só namorar, casar estraga, ele dizia, namorar é mais tranchã. O Casar Estraga, Namorar É Mais Tranchã fazia questão de passar com ela todo último fim de semana do mês.

A costureira bordadeira concordava com ele. Sua experiência de casamento não tinha sido agradável, o filho era a única alegria que restara.

Então, sempre que faltavam uns dias para o último fim de semana do mês, a mãe do Queridinho Arlindo, ainda jovem, alta, cabelo castanho solto nos ombros, imensos olhos negros, saia verde-cré bordada de vagonite e blusa de lese branca, danava a repetir, toda sacudida-sai-cedo: "Quintino não quer, Clemente avança".

Queridinho Arlindo gostava daquela história de um marido ingrato ir embora Quintino e um namorado atencioso chegar todo Clemente.

Ele morava numa casa de costurar e bordar.
Gostava de pregar botões e bordões.

A qualquer momento, uma coisa horrível poderia acontecer. Em matéria de coisas horríveis a vida é doutora. Mas, por enquanto, a costureira bordadeira trabalhava muito, namorava todo último fim de semana do mês, e o filho, que a ajudava nas costuras, costurava e bordava palavras que não se cansavam de entrar na conversa.

Queridinho na sala de casa.

Arlindo na sala de aula.

Qualquer que fosse o lugar, existia a vitória das palavras repetidas.

Eram palavras simples e já esperadas, mas o filho da costureira bordadeira gostava daquela rotina corajosa.

Aos poucos, sentia cada vez mais vontade de que os colegas colecionassem com ele.

Ia convidar primeiro a menina espalhadeira de ideias, a Vamos Que Vamos conhecer a coragem das coisas simples.

Ela ia esfregar as mãos uma na outra e em seguida dizer:

— Vamos que vamos!

A coleção ia ficar enorme.

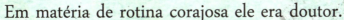

Ia todo mundo se impressionar com aquela rotina corajosa.

Em matéria de rotina corajosa ele era doutor.

Este livro foi composto na fonte DaunPenh e impresso em papel offset 150 g/m² na gráfica BMF. São Paulo, Brasil, novembro de 2022.